खुशबू

(नई हिन्दी ग़ज़लें)

ऋषिवंश

डायमंड बुक्स

प्रकाशक : डायमंड पॉकेट बुक्स प्रा. लि.
X-30, ओखला इंडस्ट्रियल एरिया, फेज-2,
नई दिल्ली-110020
फोन : 011-41611861
फैक्स : 011-41611866
E-mail : sales@diamondpublication.com
Website : www.dbp.in

वर्ष : 2007

टाइप सैटिंग : आर. एस. प्रिंट्स, नई दिल्ली-49

Khushboo (Gazals)
by Rishivansh

निवेदन

ग़ज़ल उर्दू, फारसी और अरबी परंपरा की लोकप्रिय व महान मौलिक काव्य विधा है, जो आज अलग-अलग देशों में उनकी अपनी-अपनी भाषाओं, लिपियों में ढलने लगी है। हिंदी या देवनागरी में तो विशेषकर, क्योंकि हिंदी-उर्दू का; भौगोलिक-ऐतिहासिक, सामाजिक-सामुदायिक साथ भी रहने के कारण, चोली-दामन का साथ है। लिपि, लिखावट या अक्षर विन्यास अलग होने के बाद भी उर्दू-हिंदी, शब्दों के उच्चारण, अर्थ तथा भाव की दृष्टि से सहोदरी भाषाएं लगती हैं। प्रचलन की दृष्टि से भी ग्रामीण व शहरी भारत के जन सामान्य तक उतरी हुई भाषा, उर्दू और हिंदी की मिश्रित शब्दावलियों से बनी ऐसी सहज, सरल आम भाषा है, जिसमें दोनों की विशेषताएं, झलक व मिश्रण देखा, पाया और अनुभव किया जा सकता है। कोई भी उर्दू में बात करे तो हिंदी वाले बखूबी समझ लेते हैं, और कोई हिंदी में बात करे तो उर्दू वाले भी सहजता से सारे भाव ग्रहण कर लेते हैं। अड़चन बस कुछ शुद्ध व कठिन उर्दू शब्दों से हिंदी वालों को तथा कुछ क्लिष्ट शुद्ध हिंदी शब्दों से उर्दू वालों को होती है। वैसे कुछ विशुद्ध हिंदी शब्द आम हिंदी वाले भी नहीं समझ पाते हैं, वैसे ही कुछ विशुद्ध अरबी-उर्दू शब्द आम उर्दू वाले भी सहजता से नहीं समझ पाते हैं।

संभवतः इसी से आम भारतीय लोगों ने एक ऐसी आम बोलचाल तथा लिखापढ़ी की एक आम भाषा या गढ़ बना लिया है, या यों कहें कि धीरे-धीरे विकसित कर लिया है, जो औपचारिक भाषायी या साहित्यिक शुद्धता की बजाए, सरल-सहज अभिव्यक्ति व समझने-समझाने की दृष्टि से उनके अधिक निकट है। दोनों भाषाओं के सहायक चिन्ह, संकेत, बिंदी, नुक्ता, पाई, हलन्त इत्यादि के अलग-अलग होने या उनके बिल्कुल ही न होने पर भी, दोनों भाषाओं के लोग आपस में शब्दों के अर्थ बखूबी तथा सरलता से लगा लेते हैं। दरअसल आज भारतवर्ष में प्रयोग होने वाली आम हिंदी भाषा ऐसी ही हिंदी व उर्दू मिश्रित भाषा है, न कि शुद्ध-परिमार्जित हिंदी। ऐसी मिश्रित भाषाएं मानवीय प्रगति व वैश्विक विकास दृष्टि से भी अत्यंत महत्त्वपूर्ण और समृद्ध मानी जाती हैं तथा साहित्यिक आदान-प्रदान व स्वास्थ्य के लिए हितकारी भी।

शुद्ध हिंदी या शुद्ध उर्दू की क्लिष्टताओं से बचा रहकर आम पाठक इस आम मिश्रित भाषा को अपने अधिक निकट पाता है। वह इसी का प्रयोग करना भी पसंद करता है।

दोनों भाषाओं के तथाकथित साहित्यकार व अदीब या अन्य विशिष्ट धाार्मिक, राजनैतिक या और लोग चाहे जितना चिल्लाते रहें, आम लोगों को तो सरलतम, सहजतम व सूक्ष्मतम चीजें व प्रचलन ही पसंद हैं, जिनमें कम से कम व अत्यंत आवश्यक औपचारिकताएं मात्र हों। कम से कम जितने में काम चल जाए।

ग़ज़ल संग्रह 'खुशबू' की ग़ज़लें ऐसी ही आम मिश्रित हिंदी भाषा या हिन्दुस्तानी भाषा में कही गई ऐसी ही ग़ज़लों का संग्रह है, जिसमें सहायक भाषायी चिन्हों-संकेतों, सिद्धांतों एवं औपचारिक शुद्धताओं, नज़ाकतों-नफ़ासतों की बजाए, आम पाठकों तक सहज पहुंच व अभिव्यक्ति के लिए अधिक उपयुक्त है। जैसे कि देशी घी का लड्डू टेढ़ा-मेढ़ा होने पर भी प्रिय व पौष्टिक होगा ही।

उर्दू में शुद्ध शब्द 'ग़ज़ल' है, जबकि आम भारतीय, विशेषकर हिंदी पाठक, शब्द 'गजल' से भी वही अर्थ ग्रहण करता है जो 'ग़ज़ल' से। बल्कि 'नुक्ता', बिंदी या अन्य सहायक औपचारिक चिन्हों से युक्त होने पर उसी शब्द विशेष से वह कुछ अजनबीपन व दूरी सा महसूस करने लगता है। और क्योंकि, तमाम मानवीय भाषाओं का उद्देश्य मात्र अर्थों-भावों का सरलतम सम्प्रेषण व वैचारिक आदान-प्रदान है, अतः इसके पीछे हाथ-पैर धोकर पीछे पड़ जाने की भी ऐसी कोई विशेष आवश्यकता नहीं है।

आज की ग़ज़लों में उसके प्राचीन पारंपरिक स्वरूप व विषय वस्तु से हटाव व परिवर्तन स्पष्ट देखे जा सकते हैं। हिंदी ग़ज़लों को लिखने का क्रम दशकों से चला आ रहा है, इनमें मात्र हिंदी शब्दों की बहुलता के कारण ही इन्हें 'हिंदी ग़ज़ल' कहा जाता है। प्रायः हिंदी ग़ज़लों में भी 'नुक्ता' जैसे चिन्ह नहीं छोड़े गए थे, जबकि आम हिंदी भाषी पाठक की नजर से व भावगम्यता की दृष्टि से, इसे भी छोड़ देने से आम हिंदी भाषी ग़ज़लों के कुछ और पास ही पहुंचते। यह कदम ग़ज़लों के साथ-साथ हिंदी और उर्दू दोनों भाषाओं के लिए भी विस्तारक व लाभप्रद ही होता।

विषय वस्तु की दृष्टि से भी प्रेम, सौंदर्य, शराब-शबाब, जाम-साकी, मिलन-विरह...से बढ़कर आम मानव जीवन के तमाम छोटे बड़े सरोकार ग़ज़लों में उतरने लगे हैं। रोजी रोटी, आम आदमी, राजनीति-सियासत, बाजार-व्यापार,

अनुक्रम

उजाले

अँधेरों में उजाले चाहते हैं
पेट भूखे निवाले चाहते हैं।

प्यास से छटपटाती रूह तन्हा
साथ के पीने वाले चाहते हैं।

सर्द रातों के झेलते नश्तर
गर्म मोटे दुशाले चाहते हैं।

बहुत भारी हैं दर्द के किस्से
हल्के फुल्के रिसाले चाहते हैं।

झूठ के रंग में रंगी दुनिया
सच्चाई की मिसालें चाहते हैं।

बड़ी कमजोर नस्ल आई है
मौत वाले जियाले चाहते हैं।

यह तरक्की पसंद महफिल है
दिल की जुबाँ पे ताले चाहते हैं।

बेजुबान

सोचता था कर नहीं पाया।
चैन से वह मर नहीं पाया।

जेब खाली उधारी बेइन्तेहा
देनदारी भर नहीं पाया।

महीनों से कुछ उदास उदास था
कुछ दिलासा पर नहीं पाया।

सालोंसाल भटकती उसकी ख्वाहिशें
एक का भी घर नहीं पाया।

पसीने से खून से जिसको गढ़ा
उस सड़क गुजर नहीं पाया।

भूख से रोते हुए कमजोर को
मेहनती नौकर नहीं पाया।

उम्रभर कपड़े फटे पहने रहा
मौत पर चादर नहीं पाया।

तोहमतें झूठी लगाते रहे सब
बेजुबान मुकर नहीं पाया।

सोने का हिरन

सोने का हिरन लुभाया है
बेचारा दौड़ लगाया है।

हर बार निशाना चूक गया
उसने फिर तीर चलाया है।

शहरी आवारागर्दी को
देहाती मन ललचाया है।

एड़ी चोटी का जोर लगा
भूखे को पसीना आया है।

दो रोटी रोज जुटाने तक
वह क्या क्या स्वांग रचाया है।

यह आग नहीं बुझ पाएगी
कुदरत ने इसे जलाया है।

खोते खोते खो डालोगे
पाते पाते जो पाया है।

वह ढूँढ़ रहा कबसे उसको
जो उसका ही हमसाया है।

देखो देखो सच्चाई को
सच में ही झूठ समाया है।

नई आग

आग लगी है पानी लाओ
कुसमय घोर नहीं चिल्लाओ।

चिड़िया चारा चुगने बैठी
छत से उसको नहीं उड़ाओ।

आने जाने वाले दर्शक
मत इनसे उम्मीद लगाओ।

जिसका दर्द वही जाने है
खुद का घाव स्वयं सहलाओ।

हवा बदल जाती है अक्सर
जैसी राग उसी में गाओ।

लोग दोमुँहे साँप हो गए
ठोंक बजा कर बात उठाओ

खलनायक नायक बन बैठे
कोई नया मसीहा लाओ।

अँधियारे की आदत डालो
या फिर नई आग धधकाओ।

खजाने

जब जब भी नाव डूबी थे सामने किनारे।
वक्त की ये गर्दिश, कि तुमने तीर मारे।

खूबियाँ उसी की उसको ही क्या गिनाना
मसीहा को अक्सर मिलते नहीं सहारे।

इर्द-गिर्द के कुछ, हैं दगा दिया करते
बदनाम हुआ करते हैं मुफ्त में सितारे।

असलियत को हमने इस नजर कहाँ देखा
मीठी छुरी से हँसकर वह खाल भी उतारे।

दुनिया की बादशाहत मंजूर नहीं हमको
गलियों की खाक जन्नत के कुदरती नजारे।

रातदिन बराबर दौलत की गुलामी में
है फलसफा पुराना जहरों को जहर मारे।

जिसकी सदाएँ सुनकर आता है मस्त मौसम
उसके लिए उतरती हैं मौसमी बहारें।

उस रास्ते पे चलकर देखो तो जिंदगानी
लाती है क्या खजाने करती है क्या इशारे।

झमेले

खत्म ही होते नहीं हैं झमेले संसार के
रोज कोई नई आफत झेलते मन मार के।

चाहते तो थे कि हँसती खिलखिलाती हर नजर
पर झुलसने लग पड़े हैं हाथ-पैर बहार के।

दाँत काटी रोटियों का एक सपना और था
क्या पता था और ही दस्तूर हैं व्यापार कें

ढह गए हैं ख्वाब ऊँचे जख्म गहरा लाजिमी
वक्त लगता है सुधरने में गिरी मीनार के।

चंद बातें काम की बकवास है बाकी अदब
आपसी रंजिश जगाते फलसफे बेकार के।

कोई सिर मुंडवा रहा है कोई रखता है जटा
रास्ते सबके अलग उस एक दर-दरबार के।

एक अंधा और बहरा खुदा है तो सामने
दरिन्दों की हिफाजत में फैसले सरकार के।

लुट रही कलियों की अस्मत बागवाँ के सामने
कमीनों ने कर लिए सौदे गुलो-गुलजार के।

माहौल

होश में दुनिया नहीं काबिल है रहने के।
दो घूँट पिला कुछ तो बहाने बनें सहने के।

हर आदमी अच्छा, तो बुरा कैसे जमाना है
बेदर्दियों के किस्से लाखों तो हैं कहने के।

इंसानियत की बातें लगने लगीं पुरानी
माकूल हैं मौसम भी तो ईमान के ढहने के।

धुआँ उगल रहा है नदियों का पानी पीकर
माहौल ना रहे अब दरियाओं के बहने के।

बिकने लगी मोहब्बत जलने लगीं दुलहिनें
करने लगे इशारे अब ठूँठ भी गहने के।

मक्कारियाँ हमारी हम फिर भी न मानेंगे
है वक़्त अभी बाकी इंसानों के ठहने के।

करतबों का पुलिंदा चमका तो दिया सब कुछ
कुछ ख़्वाब अधूरे रहे इस सदी के चहने के।

साकी

साकी ने जाम भर दिया और मैंने पी लिया
खुशहाल था, उसका करम कुछ और जी लिया।

गुलशन सजा दिए मेरे आने की खुशी में
जश्नेबहार करके मेरा नाम ही लिया।

मनमानियों के दौर से बेकार हुई किस्मत
राहेसुकून भी किया इलजाम भी लिया।

दरवेश मौसमों के इखलाक में खड़े हैं
होम की खुशबू लिए जंगल की तीलियाँ।

जर्रे को चमन करने का हुनर आसमानी
सन्नाटे बना डाले और होंठ सी लिया।

परबत की चोटियों से लहराते समुन्दर तक
रंगीन रोशनाइयाँ कमाल की लिया।

फूटे बदन के जादू जब हुस्न कसमसाया
गुज़री थीं निगाहों से कमसिन छबीलियाँ।

जारी है

फर्जी सेना नकली सैनिक और लड़ाई जारी है
चोरी सीनाजोरी की बेशर्म ढिठाई जारी है।

देखो-देखो कितनी मोहक नीति बनाई राजा ने
भोगविलास और अय्याशी की अगुआई जारी है।

विद्वानों की सभा सजी है मोटे ग्रंथ विचारों के
सच का कुछ अनुमान नहीं है कलम घिसाई जारी है।

मानवहित पर बहस चल रही संसद में पखवाड़े से
और सदन में मारामारी-हाथापाई जारी है।

मंत्र नहीं जाने बिच्छू का हाँथ साँप के बिल में दे
जहर उगलती राजनीति की क्या कुटिलाई जारी है।

लड्डू खाकर जनता खुश है राजा खुश है सत्ता से
घूँस दलाली वाली रबड़ी और मलाई जारी है।

चोर फैसला लिखने वाले डाकू की निगरानी में
मौत किसी की भी लिखवा लो सुलह सफाई जारी है।

गधा पँजीरी खाए जमकर बैलों के दरबार सजे
भूखी तड़पें गाय बेचारी घास चराई जारी है।

कुर्सी नहीं बपौती लेकिन कितनी अच्छी लगती है
छँटे हुए मक्कारों वाली टाँग खिंचाई जारी है।

सिरफिरा

सिरफिरा कह हिकारत से देखने वालों।
नंगी सचाइयों पे खुद की नजर तो डालो।

दिखावे के तुम्हारे दस्तूर और उसूल हैं
असलियत में अपना मुँह चुल्लू में छुपा लो।

सोने चाँदी के महल में नींद की है किल्लत
सो न पाओगे दवाई चाहे जो खा लो।

चाहे जितनी ऊँची दीवारें करो घर की
औकात क्या तुम्हारी जो खुद को बचा लो।

सौदा लगाने वालों पैसे से मोहब्बत का
अस्तबल में बूढ़े माँ-बाप तो न पालो।

ऊपर से रंग पोत कर जवान बनी बुढ़िया
बदबू तो रहेगी इत्र का दरिया नहा लो।

इंसानियत के रेशे तुमको न छू गए हैं
हैवानियत के पुतलों अब खैर तो मना लो।

बंद करो

जो चलता है चलने दो चिल्लाना बंद करो
इल्म और ईमान का रोना-गाना बंद करो।

कुर्सी पर बैठे प्यादों की शाहंशाही देखो
मिलकर ऐश करो सवाल उठाना बंद करो।

गधों और घोड़ों को बस चारा पानी से मतलब
भूखे वतनपरस्तों सा ललचाना बंद करो।

नहीं बदल जाएगी दुनिया महज पुलाव खयाली
नाहक अंधों में काना कहलाना बंद करो।

सारे ही निकले शिकार पर क्या जम्हूरियत अपनी
ऐसी आजादी को गलत बताना बंद करो।

छोटा बड़ा नहीं है कोई वालिद वल्द बराबर
रिश्तों का बेकार कबूतरखाना बंद करो।

सोने की डिबिया में कंकड़ हीरे मोल बिकाए
गली-गली बाजार खुला, पछताना बंद करो।

उजड़ा सा

वह अकेला और उजड़ा सा
गर्द की मानिन्द उखड़ा सा।

सड़क पीली रोशनी बीमार सी
एक कीड़ालगा खंभा सड़ा सा।

भीड़ बेतरतीब, मेला, एक बच्चा
डरा सहमा और बिछड़ा सा।

हाथ आ आकर सरकती जिंदगी
वक़्त कुछ मनहूस बिगड़ा सा।

थपेड़ों पर थपेड़े हैरान वह
एक झटका और तगड़ा सा।

खजाने का एक नक्शा फिर मिला
रास्ते में धूलखाया पड़ा सा।

हारने का दर्द तोहमत दरबदर
शर्मसार जमीन में कुछ गड़ा सा।

फिर कोई गुजरा था उसी रास्ते
रोजवाला एक दुखड़ा सा।

आसमाँ पर चमचमा उट्ठा
वही हैरतखेज मुखड़ा सा।

सुस्त से दिन

बेकार आलस भरे सुस्त से दिन
जलती बलाओं तले पस्त से दिन।

जेहन में अंगार के गर्म बादल
बेचैन रातों पे पैबस्त से दिन।

कल तक इशारों पे चलती बहारें
वीरानगी वाले शिकस्त से दिन।

तनहाइयों की बियावान शामें
शैतानियों के सरहस्त से दिन।

फिर बेकली और प्यालों की खनखन
बेहोश पीकर के मदमस्त से दिन।

मीठी अदाओं के रंगीन धोखे
ये मक्कार, मौकापरस्त से दिन।

अपनी गुनहगार मासूमियत और
अपनी खता से हुए लस्त से दिन।

सूरज चमकता रहा सिर के ऊपर
फिर भी अँधेरे, हुए अस्त से दिन।

घर जाना है

खेल खिलौने रख लो, अब घर जाना है।
महफिल-महफिल नकली हँसना गाना है।

तुम्हारे दस्तूर कितने और कैसे, डर लगे
मर-मर के भी तो दस्तूर निभाना है।

मन भर गया देखकर मेला दुनिया का
कदम-कदम पर बैठा ठग अंजाना है।

कहीं नहीं टिक पाती हैं प्यासी नजरें
राहगीर को भाता नहीं ठिकाना है।

गुलशन-गुलशन फूल खिले हैं प्यारे-प्यारे
माली को क्या गरज कि गाज गिराना है।

भाने वाले कुछ तो खेल तमाशे होते
कंठी माला तो पाखण्ड पुराना है।

दो अक्षर का प्रेम कुरान पुरान बताते
पर अपनी काली करतूत दिखाना है।

कर ले तू भी कर ले अपनी मनमानी
आखिर को तो उस दुनिया ही जाना है।

सितमगर

क्यों उसको इस तरह रुला रही है जिंदगी।
इतना बुरा न था सता रही है जिंदगी।

क्या ख़्वाब देखना गुनाह हो गया था उसको
सपनों का महल ही ढहा रही है जिंदगी।

लोगों ने उससे क्या-क्या उम्मीद कर लिया था
अरमान धूल में मिला रही है जिंदगी।

मारे भी, और रोने ना दे, ऐसा सितमगर
कैसे सितम पे सितम ढा रही है जिंदगी।

फरमान वक्त का नहीं भुगतान कर सका था
अब मौसमी हुकुम बजा रही है जिंदगी।

जब गाँव से चली थी पतली सी डगर भर थी
आकर शहर सड़क बिछा रही है जिंदगी।

किस्मत की पोटली से निकलेगा अभी क्या-क्या
बचीखुची खुशी बचा रही है जिंदगी।

दिल चीज ही ऐसी है ना होता तो अच्छा था
जो घूँट दर्द का पिला रही है जिंदगी।

फितूर

आऊँगा एक बार फिर तेरे हुजूर में।
बरबादियाँ अभी तो हैं मेरे गुरूर में।

जब तक नहीं रुकेंगे आवारा से मंसूबे
ठहरी रहेंगी मंजिलें उलझे फितूर में।

जो पाक साफ दामन कुदरत का नेक बंदा
उसको सजा मिली है यह किस कुसूर में।

ईमानधरम जिसने सपने में नहीं देखा
काजी बना हुआ है वह किस शऊर में।

कुछ गाना बजाना हो कुछ रहमतें भी बरसें
सजदे करेगी दुनिया दाता के नूर में।

ऐसी बला की नर्मी ऐसी गजब की तल्खी
मुमकिन नहीं था अब तक जन्नत की हूर में।

रोती हुई सी रातें गाता हुआ सवेरा
मेले भरे हुए हैं बस थोड़ी दूर में।

आप बीती

आप बीती मैं कहूँगा अपने दिल की तू कहा कर।
मुफलिसी मेरी तबीयत, तू सितारों में रहा कर।

नर्म बिस्तर पर कभी भी नींद आई नहीं मुझको
पतझड़ी वीरान मेरा तू बहारों में बहा कर।

पत्थरों के चमचमाते शहर होंगे उस तरफ तो
इस तरफ से अनगढ़ा बच्चा अभी निकला नहाकर।

कुदरती सच्चाइयों को छोड़ना अच्छा नहीं है।
सहता है तूफान जर्रा, किसी माँ जैसा सहा कर।

गिरतीं मीनारें सितारे टूटते हैं रातोंदिन
मोत में जीवन की कलियाँ, कभी या अक्सर ढहा कर।

जमाने का दर्द लेकर मरने वाले, जी उठे फिर
दर्द की ही घाटियों में ग़ज़लें खिलतीं महमहा कर।

हँसना-रोना, जीना-गाना और मर जाना कभी भी
फरिश्ता कोई हँसेगा मौत पर तेरी ठहाकर।

मौत के मुँह

मौत के मुँह जिंदगानी है
जिंदगी लिखती कहानी है।

खिलखिलाते हुए मौसम में
सिसकती फूलों की रानी है।

दूर मंजिल ख़्वाहिशों वाली
पास उजड़ी राजधानी है।

गिर रही दीवार पर चढ़कर
चीटियों की फौज जानी है।

पहाड़ों पर हैं हरे जंगल
घरों में कमजोर पानी है।

दर्द इतना कि समो ले जमाना
नजर ही कुछ ऐंचातानी है।

बहुत अपने ही बने दुश्मन
दूसरों की मेहरबानी है।

फलसफे नाकाम उतरे सब
और की अब निगहबानी है।

सैरगाहें जो हमारी थीं
अब शहर की मरघटानी है।

हमसाया

देर से आया मगर आया।
आते आते रुका शरमाया।

समझता तो था, हुई गलती
वही गलती फिर से दुहराया।

जा चुकी थीं बहारें तब तक
गिर चुका था धूप का साया।

हँसने वालों को मिला मौका
और अंगारों को उकसाया।

भेष बदले हुए लोगों में
अपना पराया समझ ना पाया।

दगाबाजी में वो माहिर था
जाल क्या बारीक फैलाया।

जानकर भी भला क्या करते
खून अपना-अपना हमसाया।

फकीरों ने बार-बार तभी
जहन्नुम दुनिया को ठहराया।

फिर भी है जीने की मजबूरी
मौत का डर दिल में समाया।

वस्ल की रात

कभी कभी दिमाग काम नहीं करता है।
वही फितूर नए तर्ज पर उभरता है।

जमाना खुश रहे मैं इसके लिए मरता हूँ
जमाना कहता है तू ऐसा कैसे मरता है।

कई खुशियाँ थीं, कई बंदिशें रही होंगी
वो है दीवाना बंदिशों पे कब ठहरता है।

पुल है कमजोर मगर हौंसले बुलंद से हैं
टूटते पुल से वो डरते हुए गुजरता है।

वैसे मैं नहीं उसकी बात पर हुआ राजी
फिर भी बातों में उसकी गजब की निडरता है।

कई करिश्मे और देखने लायक हैं यहाँ
वस्ल की रात उसका हुस्न क्या निखरता है।

हुस्न को इश्क से पर्दे की जरूरत ही नहीं
झीने पर्दे से उसका रूप और भरता है।

छत के कोने पे प्यार करते हुए जोड़े को
देखकर चाँद शर्म से जरा सिहरता है।

जुरमाना

दिल घायल है दीवाना है
जिद्दी, सिरफिरा पुराना है।

देखा तो लाखों बार इसे
क्या समझा अभी जमाना है।

बुतखानों के सन्नाटों में
नासमझी का समझाना है।

कमसिन शामों की मदमस्ती
बस रात ढले झड़ जाना है।

नादान उमर बुनती सपने
चाहत का तानाबाना है।

इस ओर दर्द के प्याले हैं
उस ओर सजा मयखाना है।

चलते-चलते थक जाने पर
यह मौत नहीं सुस्ताना है।

बस यही जिंदगी है प्यारे
यह जीने का जुरमाना है।

शाम

नदी तट सूनी अकेली शाम है
जमाने से ही पहेली शाम है।

रोशनी के गीत गाता धुँधलका
पर अँधेरे की सहेली शाम है।

मंदिरों में घंटियाँ बजने लगीं
दर्द का अम्बार झेली शाम है।

चाँद तारे हवा बादल और नदियाँ
सभी के संग खूब खेली शाम है।

पुराने पर्वत, समुन्दर और घाटी
आज भी नूतन नवेली शाम है।

भीड़ वाले शहर तन्हा गाँव में
दर्द की सूनी हवेली शाम है।

भीड़ में भी नाम अपना लिख चलेंगे
अभी तो तन्हा अकेली शाम है।

काश

जिंदगी को पंख लग जाते
काश! तुम मेरे लिए गाते।

मुस्कराती झूमतीं कलियाँ
और जंगल फूल बरसाते।

इस तरह कुछ बहारें आतीं
बिना मौसम महकतीं रातें।

खुली आँखों देखते सपने
बंद आँखों की मुलाकातें।

तड़पते दिल को करार आता
मिलन के पल जाम टकराते।

धड़कनों में सुलगती हलचल
रतजगों की रसीली बातें।

हवा मदिरा पिये बल खाती
शराबी से ख्वाब लहराते।

दूध धोई चाँदनी में हम
देर तक रातों में बतियाते।

पिघलता आगोश में संदल
डूबते हम और उतराते।

वाह! रे

वक्त में उलझा जमाना
याकि रोना याकि गाना।

बार-बार वही कहानी
फिर सुनाना दिल दुखाना।

इश्क के जुमले पुराने
हुस्न का सदका उठाना।

मोहब्बत के मदरसे में
पाठ नफरत का पढ़ाना।

आदमी की फितरतों का
रामजाने क्या ठिकाना।

कई बार टटोल देखा
अब उसे क्या आजमाना।

दोस्ती की आड़ लेकर
दुश्मनी वाला निशाना।

वाह! रे खूबी समय की
वाह! रे पागल सयाना।

जहर

फूटते जेहन में गोले आग के।
जिएँ कैसे जिंदगी से भाग के।

दौलतें सब खुशियों वाली उस तरफ
फुसफुसे बादल हमारे, झाग के।

तिलक छापे नहीं देते रोटियाँ
नियम कुछ ढीले करो बैराग के।

जश्न से तर रातें उनकी महकतीं
रात भर वह खेत जोता जाग के।

खत्म होने पर समुन्दर आ गया
छूटते ही नहीं धब्बे दाग के।

नहीं है इंसानियत से मोहब्बत
बाँटते ना दरख्तों को बाग के।

जहर नफरत का उगलता रातदिन
छुपे फन लाखों हैं काले नाग के।

गर्दिश के तीर

गर्दिश के तीर चलेंगे तब धीरज रखना होगा।
कर भी ना कुछ पाओगे कड़वा तो चखना होगा।

परखा है उसने हरदम अपनी हस्ती को वैसे
कुसमय होने पर तो कुछ और परखना होगा।

तूफानों के मौसम में छिपने का ढूँढ ठिकाना
या फिर फूटा सिर होगा या टूटा टखना होगा।

जब खुले हुए पत्ते हों तब डरने का क्या मतलब
नफरत की चालें उलझीं मरने तक कँखना होगा।

आसमान लम्बा है हों मद्धम चाल उड़ानें
सूरज तक पहुँच न तेरी, झुलसाना पखना होगा।

हद तक है सबकी बंदिश बेहद की भारी कीमत
ड्योढ़ी से निकली नर्गिस को और बिलखाना होगा।

बुरे वक्त में उसकी बदली सी होगी फितरत
लड़ता हवा-हवा से इंसान कटखना होगा।

सच होगा उसका कहना इंसानों से रब हारा
खुद को ही खुदा बताना तो झूठा भखना होगा।

कुदरत

कोई समझ न पाया अंदर की मोहब्बत को
दिल की किताब कोरी ललचाए महके खत को।

चाँदी की कोठियों में है जश्न जिन्दगी का
टूटे हुए घरौंदे तरसें दीवारो-छत को।

लहरा के चलने वाला भूखा सा एक बूढ़ा
तय था न दानापानी बुजुर्ग की मेहनत को।

यह दौर खनखनाते सिक्कों का यार ठहरा
तौलेगा किस तराजू मासूम की उल्फत को।

गलियों में गहमागहमी सड़कों पे धक्कामुक्की
ये लेनदेन वाले रोया किए किस्मत को।

वह गाँव से निकल कर आया शहर कमाने
लूटा पढ़े लिखों ने कमजोर की इज्जत को।

उनकी निगाह नकली असली हँसी हमारी
नकली सिखा रहे हैं तहजीब असलियत को।

है आग जलायेगी, पानी है बुझा देगा
मुमकिन नहीं बदलना कुदरत की इस आदत को।

ज़िन्दगी

ज़िन्दगी जब रुख बदलती है
नहीं अपनी एक चलती है।

फूल बन जाते हैं अंगारे
ख्वाहिशों की चिता जलती है।

मुश्किलें जो कभी तिनका थीं
आज अजगर सी निगलती हैं।

इशारों पर नाचने वाली
छातियों पर मूँग दलती है।

कभी कदमों में बिछे थे जो
असलियत उनकी पिघलती है।

दुश्मनों की दोस्ती देखी
दोस्तों की बात छलती है।

लात खाता छुप रहा है सच
झूठ की सरकार पलती है।

दो मुँहे हैं धर्म-मजहब भी
दोगली बातें निकलती हैं।

वह

कहूँ क्या मैं उसके बारे में।
समझ जाओ सब इशारे में।

उसकी फितरत में नहीं साजिश
आता-जाता, भाईचारे में।

उसके फन को दौड़ती दुनिया
पड़ा रहता वह किनारे में।

दिलों में बसता है सबके वह
कल जड़ा होगा सितारे में।

बड़ा अपना कहते सब उसको
दौड़ा आता है पुकारे में।

बाँध रखता है कई पागल
हमेशा दिल के दियारे में।

देखिए तो वक्त की हिम्मत
घुस गया है हर नजारे में।

हादसे

हादसे ऐसे हुए रो उठा दिल।
जिंदगी ही बनी थी कातिल।

हर सुबह डर-डर उधर देखा
ना कहीं नाराज हो मंजिल।

शाम तक बेचैनियाँ बरसीं
रात तक हो जाएगी मुश्किल।

दिनोदिन बढ़ते गए हमले
जैसे उसने जुबाँ डाली सिल।

कवायद है गर्दिशों की अब
कभी सजती थी जहाँ महफिल।

रास्ते तूफान दे देते थे तब
और अब देता डुबो साहिल।

कुछ दर्दनाक सफर हुए ऐसे
हो गए अपने से भी गाफिल।

सुना सैलानी

आ लिख डालें एक कहानी
जिसमें ना राजा ना रानी।

रंग-बिरंगे कितने किस्से
और एक बदरंग जवानी।

सुख का झूला मौसम झूले
दुख क़ी बात सुना सैलानी।

पहले के सच निकले झूठे
झूठे सच की कौन निशानी।

कलियों के खिलने से लेकर
बुत पर चढ़ने तक शैतानी।

जंगल-जंगल दौड़े खुशबू
खिलती कहाँ रात की रानी।

चंदा भी ढूँढ़े उजियारा
ऐसी उजली तेरी बानी।

अपने सुख दुख, अपने हिस्से
अपनी दादी - अपनी नानी।

कहाँ को जाना

दुनिया का दोरंग नजारा
सुख का ताना दुख का बाना।

चौराहे पर वही प्रश्न फिर
अरे फकीर कहाँ को जाना।

हवा अभी तक थोड़ा नम है
रुका नहीं चिड़ियों का गाना।

तट से कोई देख रहा है
नटखट नदियों का बल खाना।

बूढ़ा मौसम गुजर रहा है
कैसा रोना क्या पछताना।

आओ संध्या का दुख बाँटें
है माटी का दिया जलाना।

राजा, मंत्री, पौने, प्यादे
सबका अपना ही नजराना।

खेत, गाँव, घर, बाग, बगीचे
जर्रा-जर्रा, वही तराना।

संबंधों की बात अनोखी
कैसा अपना क्या बेगाना।

मन की बातें मन ही जाने
मन का क्या मन तो मनमाना।

क्या करें?

दिल को कुछ भाता नहीं है, क्या करें?
इल्म कुछ आता नहीं है, क्या करें?

प्यास किसकी यूँ हमें भटका रही है
कोई समझाता नहीं है, क्या करें।

उजालों में ढूँढ़ता जिसको अँधेरा
कहीं दिखलाता नहीं है, क्या करें।

रोशनी के समुन्दर से निकला अँधेरा
दर्द का नाता नहीं है, क्या करें।

पहाड़ों पर बर्फ पिघली नदी चौड़ी हो गई
पाट शरमाता नहीं है, क्या करें।

फुदकती फिरती है चिड़िया याद की
गड़रिया गाता नहीं है, क्या करें।

चाँद तारे रास्ता दिखला रहे हैं
धुँधलका जाता नहीं है, क्या करें।

नाच कितने नाच डाले जिंदगी ने
तुमको कुछ भाता नहीं है, क्या करें।

जमाना

लिखे बदे की बात जमाना है।
गुल को खिलना बुलबुल को गाना है।

अभी निगाहों में उम्मीद बची है
अभी चाँद पर चढ़कर आना है।

मछली नाच रही पानी के नीचे
पत्थर भरा पहाड़ ढहाना है।

बड़े सवेरे से गाएगी चिड़िया
दिनभर तो चुगना दाना-दाना है।

भीड़ भरे हंगामे शहर करेगा
उसका तो अंदाज ही पुराना है।

सुस्ताएँगे गाँव धूल मिट्टी साने
खेतीबाड़ी थकना और थकाना है।

लौटेंगे इस ओर मुसाफिर जाने कब
दूधभात का भोग लगाना है।

मौसम बस ठहरेंगे अपने दिन तक
और कहीं भी उनको छाना है।

नादानी तेरी

तेरी अदा जवानी तेरी।
मेरे गीत कहानी तेरी।

कायनात का अचरज जैसी
छोटी सी नादानी तेरी।

बचपन की गलियों में खोई
चाहत भरी निशानी तेरी।

खुशबू भरी दास्तानों से
महकी हुई रवानी तेरी।

कल कैसा इतिहास लिखेगी
अश्कों की कुरबानी तेरी।

रफ्ता रफ्ता नदी सरीखी
बहती याद सुहानी तेरी।

रेगिस्तानी बीहड़ जीवन
और चुनरिया धानी तेरी।

जग में उलट-पलट कर जाये
बच्चों सी मनमानी तेरी।

जर्रे-जर्रे में जगमग सी
सूरत है पहचानी तेरी।

कली-कली कमसिनी तुम्हारी
गली-गली नूरानी तेरी।

धीरे-धीरे

निकली गोरी धीरे-धीरे।
पिया मिलन को नदिया तीरे।

हलका-हलका कोहरा छाया
मंदिर में बजते मंजीरे।

गाती शाम मिलन का गाना
पुरवाई भी मधुर बही रे।

चुपके-चुपके चाँद ताकता
रजनी कैसे सरक रही रे।

खुली जवानी बाँहों में है
अभी भोर की आँख लगी रे।

मिलने का सुख क्या होता है
दुखवा कासे कहूँ-सखी रे।

गूँगे का गुड़ संग तुम्हारा
करता है दिल पेश नजीरें।

कहाँ ढूँढ़ें

मन को भाने वाली बात कहाँ ढूँढ़ें
दुख की दुनिया सुख सौगात कहाँ ढूँढ़ें।

वही बर्छियाँ ताने साथी संगाती
मीठी नदियाँ खटमिट्ठे हालात कहाँ ढूँढ़ें।

हाथ हिलाते मौसम, मन की तनहाई
धूलमिली अपनी औकात कहाँ ढूँढ़ें।

हर आशा के आगे पत्थर रखता कौन
कहने को तो सब अपनी बारात, कहाँ ढूँढ़ें।

पीड़ाओं के पर्वत छाले पैरों के
प्रेम भिगोई राहत वाली रात कहाँ ढूँढ़ें।

बेचैनी को माप रहे माथे के बल
अपने घायल से जजबात कहाँ ढूँढ़ें।

जब तक पानी आया नदियाँ सूख गईं
मद्धिम मनभावन बरसात कहाँ ढूँढ़ें।

चमकदार सूरज के आगे जुगनू सा
तिनका दिल, अंधड़ आघात कहाँ ढूँढ़ें।

पैबंद

रास्ते, सब बंद हैं
और तो आनंद है।

फट रहा है कलेजा
पैबंद पर पैबंद हैं।

साँस भारी चल रही
हवा हल्की मंद है।

बेसुरी है जिंदगी
कटे बिखरे छंद हैं।

पेट भरता ही नहीं
बड़ी गहरी खंद है।

रोटियों के युद्ध में
हर कदम पर फंद है।

सब्जबाग दिखा रही
योजनाएँ चंद हैं।

साजिशों के हौंसले
हर तरह बुलंद हैं।

आदमी की फितरतें
किसे कौन पसंद है।

सुख

मेरे दिल की तुम क्या जानो
चाहे मानो या ना मानो।

बरसे बेचैनी के बादल
बरसाती सुकून की तानो।

धीरे-धीरे बह जाएगा
गंदा पानी कुछ तो छानो।

जलने का अपना ही सुख है
जलकर तो देखो परवानों।

मिट्टी में मिल खाद बन चुके
सूखे पत्तों को पहचानो।

आना-जाना खेल तमाशा
कुछ तो समझो ओ दीवानों।

खुशियों की कुछ राग सुनाओ
तुम दुख दर्द भरी ओ तानों।

सब कुछ करके देख चुके हो
कोई नई तपस्या ठानों।

जीवन

जीवन नाव पुरानी रे
फिर कैसी नादानी रे।

लिख दे लिख दे नई कथा
क्या फिर वही कहानी रे।

रिश्तों नातों के फंदे
तड़पी हुई जवानी रे।

दर्द भरे प्यालों में पी
घूँट-घूँट जिंदगानी रे।

भूखे को दो रोटी दे
प्यासे को दे पानी रे।

असली की पहचान नहीं
नकली की निगरानी रे।

जंगल में तितली उड़ती
हाथी तैरे पानी रे।

घाट-घाट तपता जोगी
समझ न आई बानी रे।

वाह तुम्हारे क्या जलवे
कैसी कारस्तानी रे।

पैदा कर वह आस असर
दुनिया हो दीवानी रे।

उठा पटक काहे इतनी
क्या हुज्जत हलकानी रे।

सबको उसी घाट जाना
क्या राजा क्या रानी रे।

रतजगा

अँधेरे अकेले भवन में क्यों रो रही रात है
बाहर निकल कर तो देखो, जादू के हालात हैं।

हवा घाटियों से निकलती जंगल की खुशबू चुराए
कहीं बोलती है चकोरी चंदा की बरसात है।

छिटकती हुई चाँदनी को महकती हवा छेड़ती है
कुदरत के नंगे करिश्मे, यहाँ किसकी औकात है।

टहलती घटा बाल खोले डफ वाले आवारा बादल
टिमकते सितारों की रौनक जुगनुओं की ये बारात है।

लचकती हुई एक टहनी शरमा के फूलों से कहती
मकरन्द की गोलाबारी, घायाल से जजबात हैं।

गाँव में जल रहा एक दीपक रतजगे का इशारा करे है
दूर से आता होगा मुसाफिर होने वाली मुलाकात है।

तरबतर हो रही हैं दिशाएँ धुँधलकों के नरम नर्म फाहे
याद में खोई-खोई किसी की, जिंदगी को हवालात है।

कारण है

चिंता का कारण है
कुर्सी पर चारण है।

काली करतूतें हैं
धर्मवेश धारण है।

अपनी भर चिंता है
देश का विचारण है।

भोगों की इच्छा है
लिंग-निर्धारण है।

खुशियों के सौदे हैं
वोटयुद्ध मारण है।

दर्द भरे किस्से हैं
भावहीन पारण है।

राई सी करनी है
पर्वत प्रसारण है।

स्वारथ का साधू है
पंच अग्नि जारण है।

मालिक के जलवे हैं
सेवक को झारण है।

जीवन का संकट है
मूल्यों का क्षारण है।

छोटी सी बातें हैं
बड़ा सा निवारण है।

देख लिया

रिश्तों नातों का ख्वाब देख लिया।
दर्द वाली किताब देख लिया।

सबका अपना है चाहतों का सफर
रहगुजर का हिसाब देख लिया।

कोई हमसाया ना रह जाए अब
सबका लौटा जवाब देख लिया।

अब बदल लेंगे रास्ता अपना
वक्त को लाजवाब देख लिया।

मन नहीं लगता किसी सूरत में
हर तरह इंकलाब देख लिया।

अपने गैरों से भी गए गुजरे
इस तरह भी जनाब देख लिया।

और क्या देखने को बाकी है
सब तो लब्बोलुआब देख लिया।

महमहा जाएँ जिससे अँधियारे
कुदरती वह गुलाब देख लिया।

पालकी आती है किरनों वाली
देखा, वह माहताब देख लिया।

घात

समय-समय की बात है
हँसती काली रात है।

टोंटा रोटी पानी का
कैसी चतुर बिसात है।

अफरा तफरी मौसम की
बिगड़ चुके हालात हैं।

गुंडों को गुलदस्ते हैं
भक्तों को दो लात है।

भले लोग घर में बैठे
चोरों की बारात है।

अपने-अपने स्वारथ हैं
अपनी-अपनी घात है।

हरियाली में सूखा है
सूखे में बरसात है।

किसको बैरी कह दें हम
अपनी सभी जमात है।

प्यार

प्यार अजब पैमाना है
लुटना और लुटाना है।

पीने वाले मस्त हुए
आँखों का मयखाना है।

दिल के खुले दरीचे हैं
मंद-मंद मुसकाना है।

मौसम की मनमानी है
मन भी तो मनमाना है।

नए-नए मंसूबे हैं
लेकिन घाव पुराना है।

तनहाई की बातें हैं
गुजरा हुआ जमाना है।

नरम-नरम खामोशी है
पत्थर दिल चिल्लाना है।

चलाचली की बेला है
और आखिरी गाना है।

सच

सपनों का सच समझ न आया
उतर चली सोने सी काया।

धीरे-धीरे बदल गया सब
पर पागल मन बदल न पाया।

खुशहाली के मौसम में भी
दुख ने अपना जाल बिछाया।

चले जा रहे सब चुपके से
सब कुछ अपना हुआ पराया।

कल तक हम थे सब कुछ जिनको
उन पर अब औरों का साया।

खुशफहमी के मेले गुजरे
बड़े अकेले मन घबराया।

फूलों के सब रंग उड़ चले
कलियों पर मातम मंड़राया।

अब भी बाकी कहना-सुनना
वाह! गजब जीवन की माया।

कोई-कोई

कोई-कोई कितना अच्छा होता है
सदियों जिसके लिए जमाना रोता है।

आते हैं, जाते हैं, भीड़ों के रेले
वह भोला चेहरा कब रंगत खोता है।

पासंगे में उसकी दुनिया की रौनक
उसके कदमों में सुख का सोता है।

नादानी से उसकी ज्ञान निकलता है
उसमें लगता सब इल्मों का गोता है।

सिर ऊँचा कर जीना सीखे है पर्वत
बेशक, उसका चरण समुंदर धोता है।

दर्दमंद को अमन चैन वाली फसलें
कदम-कदम इंसानी जज्बा बोता है।

उसका नाजुक बदन सलीब जमाने के
रफ्ता रफ्ता दिया अँधेरा ढोता है।

दुनिया

पापी पेट भटकती दुनिया
खाली पेट खटकती दुनिया।

भरे पेट के भजन कीर्तन
भूखी पैर पटकती दुनिया।

पीर, पादरी, पंडित वाली
टेढ़ी टाँग मटकती दुनिया।

सिक्कों की है खनक सुरीली
गटगट माल गटकती दुनिया।

बिना मौत आबादी मरती।
शूली रोज लटकती दुनिया।

विस्फोटों के नये तरीके
झटके नये झटकती दुनिया।

ताकतवर की चरणबंदगी
ऊँचे द्वार अटकती दुनिया।

मुट्ठी की बालू सी खिसकी
आकर हाँथ छटकती दुनिया।

उलझा देती चक्रव्यूह में
फिर ना पास फटकती दुनिया।

हुनर

संदेह का घर है
विद्रोह का डर है।

भूखा है आदमी भी
बदला हुआ स्वर है।

भंडार तो हैं पूरे
हर कौर पे कर है।

बाजार की ये चालें
बिकने को शहर है।

गुलाम हैं हुकुम के
बेगम पे नजर है।

हो क्या नहीं सकता
पैसे का हुनर है।

सच्चे की मौत है
झूठे का बसर है।

खूनी बिसात है यह
अंधा ये सफर है।

जाना वहाँ मना है
आतंक उधर है।

बारूद की महक से
दहशत में नगर है।

इंसान है मगर, तो
शैतान जिगर है।

घाव

घाव पुराना है
किसे दिखाना है।

दिल तो अपना है
दर्द बेगाना है।

हार गई किस्मत
क्या पछताना है।

जीत गई दुनिया
यही जमाना है।

ऐसे ही हैं हम
और बहाना है।

जंगल की खुशबू
सा उड़ जाना है।

धुन पर उत्सव की
उसे नचाना है।

होंठों पर पहरे
दिल का गाना है।

भीतर की खुशियाँ
साथ मनाना है।

मौसम परदेशी
तड़के जाना है।

बेर बिने लड़की
किसे खिलाना है।

सब तो देख लिया
अब क्या पाना है।

गर्दिश

समय-समय की बात है
उलटे सब हालात हैं।

फेरों से पहले जैसे
लौट चुकी बारात है।

किसके हिस्से क्या आया
जिसकी जो औकात है।

कल क्या होने वाला है
किसको मालूमात है।

हैं अकाल के बादल ये
अंगारों की बरसात है।

है कुछ वक्त खराब अभी
सूनी काली रात है।

मुकाबले पर हैं अपने
बिना लड़े की मात है।

गर्दिश में डूबे तारे
रूठी सी कायनात है।

सारंगी

लो बाजी सारंगी।
दुख की मदिरा पी।

सुर ऐसे पिरक उठे
लड़पे है जैसे जी।

जीवन की मधुशाला
यादों की बंद गली।

दुख के बबूल पैने
दिल तार तार छलनी।

नींदों को तड़पें रातें
दिन सोई हुई सदी।

सपनों से पथरीं आँखें
क्या सूरत है सँवरी।

मौसम की तानों पर
जीवन की सुरलहरी।

गाय पिलाती बछड़ा
लो कोई याद उठी।

समय का खेल

कौन किसके लिए रोता है
सब समय का खेल होता है।

कसम खाती जिंदगी बेकार ही
दर्द किसका कौन ढोता है।

भटकते हैं मुसाफिर अंजान पथ
धूल वाला पाँव धोता है।

अश्क का दरिया उदासी की लहर
जिंदगी का लगा गोता है।

बेबसी का बरसता सावन
रोज ही तो आ भिगोता है।

गम सताता है किसी का आज
झोपड़ी पर चाँद सोता है।

नदी तट पर लड़ रहीं खामोशियाँ
दूर कोई सब्र खोता है।

बाँसुरी की टेर उठती है कहीं
आस कोई दिल संजोता है।

डबडबाई आँख से कोई
समूचा मुझको समोता है।

वक़्त सौदागर लगाकर बोलियाँ
बबूलों का बाग बोता है।

नासूर

जख़्म अब नासूर होने वाला है
बवंडर सब दूर होने वाला है।

लौटते काफिलों ने फिर डेरे डाले
खेल तो भरपूर होने वाला है।

अब चिरागों से रोशनी की जगह
घुप अँधेरा हुजूर! होने वाला है।

है तो घमासान जर्रे-जर्रे पर
सितम कुछ जरूर होने वाला है।

पकड़ में आई हैं साजिशें उसकी
कोई तो काफूर होने वाला है।

शाम से जाम छलक उट्ठे हैं
सुबह जाके सुरूर होने वाला है।

चाँद तारे भी तोड़ने के हौंसले वाला
शख़्स अब मजबूर होने वाला है।

बादलों को बरसते बीत गईं सदियाँ
कब उन्हें शऊर होने वाला है।

हम भी तो देखेंगे उनकी जादूगरी
कुछ हमसे कुसूर होने वाला है।

जिसने जाना ही नहीं रुकना कहीं
थक के वह चूर होने वाला है।

सिलसिले

जिंदगी के सिलसिले
फिर न जाने कब मिले।

भागती तकदीर है
पकड़ते हैं काफिले।

रोशनी की खोज में
अंधेरों के गम मिले।

आह में होगा असर
टूट जाएँगे किले।

जरा सी मुस्कान से
बगीचे लाखों खिले।

हाय रे! मजबूरियाँ
होंठ हैं सच के सिले।

हवा कुछ रंगीन है
गाँव-घर करते गिले।

दिन चराते बकरियाँ
रात रोईं मुश्किलें।

घाट पर ठहरी नदी
रोशनी के पुल हिले।

गुजर जाएगा समय
मिलेंगी फिर मंज़िलें।

क्या फायदा

लड़खड़ाने से क्या फायदा
गड़बड़ाने से क्या फायदा।

खींचने के लिए जिंदगी
बड़बड़ाने से क्या फायदा।

किसकी उम्मीद पूरी हुई
दिल दुखाने से क्या फायदा।

बाढ़ में घिर गए गाँव सा
हड़बड़ाने से क्या फायदा।

थक के मजबूर होने तलक
इस बहाने से क्या फायदा।

खेत चिड़ियों ने सब चुग लिया
अब उड़ाने से क्या फायदा।

झोपड़ी जल चुकी भाव की
फिर बुझाने से क्या फायदा।

आसमानी महल जब खुले
घर बनाने से क्या फायदा।

कमाल

क्षितिज पर आकाश थोड़ा लाल है
आज मन का परिन्दा बेहाल है।

भोर से गमगीन हैं तनहाइयाँ
शाम से मन में तमाम मलाल है।

माणिकों से जगमगाते हैं सवेरे
सितारे, कि मोतियों का थाल है।

हवा ठंडी चल रही है इस तरह
टहलता जैसे उदास खयाल है।

फिर वही सपने वही मायूसियाँ
जिंदगी मासूम एक सवाल है।

खजाने जिसको मुहब्बत के मिले
बस वही तो एक मालामाल है।

धुँधलके से धुँधलके तक रंजोगम
अरे मालिक कौन सी यह चाल है।

किसी का मिलना किसी से बिछड़ना
हर तरफ से सुबह शाम मुहाल है।

हर कदम पर बिसातें संसार की
हर तरफ फैला सुनहरा जाल है।

वाह! कहना क्या तुम्हारे दीद का
है कमाल, हसीन एक कमाल है।

मस्ती

नाजुकमिजाजी हमारी
तलवार नंगी दुधारी।

रिश्तों की जंजीर काटे
साधू की शाही सवारी।

हर रंग दुनिया का देखा
नकली अदा की खुमारी।

नजरों में छलके मोहब्बत
दिल में जहर की कटारी।

दिलकश छलावे बिछाकर
बैठा समय का शिकारी।

खानाबदोशी के जलवे
महके निगाहों की क्यारी।

मस्ती की बजती नफीरी
राहतभरी दुनियादारी।

किताब

जिंदगी की किताब पढ़ता हूँ
रोज गिरता हूँ रोज चढ़ता हूँ।

और उलझा दिया करते हैं वे
खूब बच बच के जबकि कढ़ता हूँ।

टूट जाती है वो दिलकश मूरत
कितनी शिद्दत से उसको गढ़ता हूँ।

दिल से कंगाल हुआ जाता हूँ,
उम्र से जैसे-जैसे बढ़ता हूँ।

उनकी दानिश का हूँ मुरीद मगर
तोहमतें भी उन्हीं पे मढ़ता हूँ।

कुछ समझ तो नहीं पाया करता
फिर भी पढ़ता हूँ और लढ़ता हूँ।

अजनबी से

चलो हम तुम फिर वही जीवन जिएँ
फिर उसी जैसे-वही, आँसू पिएँ।

अजनबी से फिर अचानक मिलें हम
फिर से लगाएँ अपने-अपने भेदिए।

फिर लड़ें फिर रूठ जाएँ फिर मनाएँ फिर मनें
फिर मुहब्बत की लड़ाई, लड़ाई के हांसिये।

फिर उसी से रतजगे हों उसी जैसी रंजिशें
उसी जैसी रात गहरी वही माटी के दिए।

उम्र के कच्चे तराने जिंदगी के दर्दोगम
वे सिसकतीं दास्तानें जिंदगी भर किसलिए।

लड़खड़ाता हुआ मौसम रास्ते की थकावट
फिर किसी का रास्ता हम रातदिन देखा किये।

आदमी

आदमी! ओ आदमी।
आसमानों की जमीं।

मौसमों की आँधियाँ
खुले सीनों पर थमीं।

बरसती हों बिजलियाँ
क्यों सुकूनों में कमीं।

मोड़ दें मुँह शेर का
वो गजब की दमखमी।

सितारों को नाँथ दे
विजय उत्सव दमदमी।

भावनाओं के शिखर
समर्पण वाली नमी।

सभी की खातिर हँसी
हर किसी से हमदमी।

दर्द तो दस्तूर है ही
क्या खुशी कैसी गमी।

मेरे द्वार

जोगी आना मेरे द्वार
अलख जगाना मेरे द्वार।

सोनकटोरी चुटकी लेना
बीन बजाना मेरे द्वार।

दुनिया को कुछ कहना ही है
दिल न दुखाना मेरे द्वार।

जग के किस्से रामकहानी
भजन सुनाना मेरे द्वार।

ईश्वर को जब चाहो पाना
ध्यान लगाना मेरे द्वार।

मन से जोग और तप करना
धूनी रमाना मेरे द्वार।

सच का पाया हो तलाशना
जीवन गाना मेरे द्वार।

गाँव कहेगा लाखों बातें
चुप रह जाना मेरे द्वार।

तुमसा

ढूँढ लिया सारी दुनिया-पर तुमसा नहीं मिला
लाखों फूल रोज खिलते हैं, ऐसा कहाँ खिला।

बातों की सादी सच्चाई सबके लिए नजर में प्यार
वेद, पुरान, कुरान, बखाने धरती का मासूम सिला।

उड़ती चिड़ियों वाली फुर्ती और हवाओं के गाने
तिनका तिनका रच देती जो खुशियों का मजबूत किला।

धन्य हो गई धूल धरा की ऐसा असली हर अंदाज
सदियाँ तरसा करती जिसको कायनात भी करे गिला।

ऐसी पावनता कि पावनता भी हो जाए पावन
ऐसी मोहक हँसी कि मोहित होकर सब ब्रह्मांड हिला।

मन को चैन सुकून दिलाने वाली नजरों की बानी
तन को और रूह को राहत देता अमृत और पिला।

अफसाने

किसका दर्द कौन पहचाने
सब अपने भी तो बेगाने।

जिसके लिए तरसती आँखें
गैरों को उनके नजराने।

कोई भाता नहीं नजर को
सबके अपने रंज पुराने।

दो दिन का जीवन क्या कहिये
चार दिनों के ताने-बाने।

नदी पार बजती शहनाई
छुरी चलाते हँसने गाने।

मार झेलकर गर्म हवा की
कितने दिन चलते दीवाने।

पगडंडी पर गर्द उड़ी है
आये सब हमको समझाने।

अपनी-अपनी बात सभी की
सबके अपने ही अफसाने।

चल ना उनको फिर से ढूँढ़ें
कहाँ गए वे दिन मस्ताने।

पुरवाइयाँ

फिर चलीं पुरवाइयाँ
दर्द की रूबाइयाँ।

याद वाले सिलसिले
छेड़तीं तनहाइयाँ।

रोशनी के धुँधलके
चीखतीं परछाइयाँ।

वो दिमागी कशमकश
ये दिली रुसवाइयाँ।

कुछ लापता बीमारियाँ
ये लाइलाज दवाइयाँ।

हुस्न भीगे रतजगे
शगुन की शहनाइयाँ।

मौसमी मायूसियाँ
बिना बात बधाइयाँ।

दोस्ती के पुल चढ़ीं
दुश्मनी की खाइयाँ।

तितलियाँ

मीठे-मीठे स्वप्न सजाएँ
साथी रे! चल नाचें गाएँ।

होनी की अजीब जंजीरें
अपनों को अपने पहनाएँ।

दुनिया का दस्तूर निराला
किसके किस्से कौन सुनाए।

एक बार तो चलना ही है
बार-बार की क्या दोहराएँ।

उड़ें तितलियाँ छिड़े रागिनी
उत्सव वाली रंग कथाएँ।

धरती से अंबर तक कोई
जादू की कनात तनवाए।

रिश्ते-नाते अपने-अपने
अपनी-अपनी व्यथाकथाएँ।

भीड़-भाड़ से धरती काँपी
बड़े अकेले सबके साए।

समय

समय बस आने वाला है
इक नशा छाने वाला है।

तहेदिल की उजड़ी गलियाँ
कोई महकाने वाला है।

भटकता बदनसीब राही
मंजिलें पाने वाला है।

किताबी किस्सों की बातें
वक़्त दिखलाने वाला है।

निगाहों की वीरानी पर
कँवल खिल जाने वाला है।

सुर्खियों में लिपटी खबरें
इल्म फैलाने वाला है।

खिलखिला कर जर्रा-जर्रा
ताज पहनाने वाला है।

हर तरफ है उसकी आहट
जज्बा दीवाने वाला है।

तान

नया गीत लिखने का मौसम
नई भावना दिल का मरहम।

ब्याज पर उठे जीवन के दिन
तन काटे की सारी चम्‌चम्‌।

कहना और, और होना है
ऐसा तो होता है हरदम।

दिल पर चाबुक जैसी लगती
विरह की घड़ी पुरनम-पुरनम।

भूल भुलैय्या रिश्ते नाते
दर्द भरे जंगल का मातम।

उफ्‌! कैसी मर्जी दाता की
सैलाबों से उलझी सरगम।

दिल में दफन लाख किस्से हैं
हर किस्से का अपना परचम।

एक नजर में देखो दुनिया
एक लड़ी के दाने तुम-हम।

फूल खिलेंगे-गंध उड़ेगी
बागों में जन्नत का आलम।

तान उठेगी वह मुरली की
नाच उठेगा सब जड़ जंगम।

अवधूत

अलख जगा अवधूत
क्या तिरिया क्या पूत।

उजला सा संसार
क्यों काली करतूत।

अंधी एक सुरंग
पूँछ रहा यमदूत।

मन की टेढ़ी चाल
तन का विषयी भूत।

कुदरत का असबाब
फैला हुआ अकूत।

मैं मेरा ना जाए
डोरी है मजबूत।

रोग पुराना इश्की
जग फैली है छूत।

टेढ़ी पूँछ न सीधी
रे कुत्ते के मूत।

तन जैसा काफूर
आसन पड़ी भभूत।

पूनम की रास

चंद्रमा उदास आज है
कौन आसपास आज है।

चाँदनी बुझी-बुझी लगे
सिसकता उजास आज है।

बरगद का घना पेड़ भी
तैरता कपास आज है।

मंदिर के दीप जल उठे
काँपता प्रकाश आज है।

राही को राह ना मिले
धुंध का प्रयास आज है।

वनफूलों की महक कहे
पूनम की रास आज है।

डूब-डूब जाता है मन
कुछ भारी साँस आज है।

घर में पराया सा मौसम
कैसा उपहास आज है।

बार-बार बरस रहीं आँखें
पीड़ा कुछ खास आज है।

दर्द की वंशी

दिन नहीं कटते कटाये
हर तरफ मनहूस साये।

कली पर भौंरे मड़रते
कौन हमसे दिल लगाए।

हवा भी गमगीन है कुछ
दर्द की वंशी बजाए।

डाल पर बैठा परिन्दा
विरह की धुन गुनगुनाए।

चल चलें अब उस जगह को
जहाँ कुछ ना याद आए।

वही मायूसी पुरानी
वही बेचैनी सताए।

चाँदनी रातें अकेली
मृत सितारे टिमटिमाए।

मन नहीं लगता कहीं भी
किस तरह मन को लगाएँ।

किसी की गहरी निगाहें
कलेजे को चीर जाएँ।

राहगीर

राहगीर जाना किस गाँव
नहीं मिलेगी ऐसी छाँव।

सारी दुनिया ऐसी ही है
लगते ही रहते हैं घाव।

अपने ही देते हैं चोट
खुद के ही विपरीत बहाव।

जिनके लिए तरसते प्राण
उनका ही उपाय अलगाव।

संबंधों की बंद गली में
यही आदमी के उलझाव।

बीचों-बीच उठा तूफान
दरिया पर टूटी सी नाव।

डाल दिए सबने औजार
किसका करता कौन बचाव।

चलते रुकते डेरा डाल
देखें अगला कौन पड़ाव।

अकेलापन

तन्हा निपट अकेलापन हूँ
खुद ही मैं अपना दुश्मन हूँ।

मीठा चाहा करती दुनिया
सच पर अप्रिय कटुक वचन हूँ।

स्वारथ के सारे किस्से हैं
परमारथ का दिव्य कथन हूँ।

कैसे कोई मुझको चाहे
उसका ही जब आलोचन हूँ।

डिस्को का बुखार फैला है
मोहन का पवित्र नर्तन हूँ।

माया मोह भरी दुनिया में
साधू का वैराग भजन हूँ।

टेढ़े-मेढ़े रस्तोंवाला -
सीधा सच्चा सा जीवन हूँ।

हाँफ रही गहमागहमी में
महका शीतल मस्त पवन हूँ।

खामोशी की दुखी फिजा में
जोगी का हँसता गुंजन हूँ।

शोकगान

बेचैनी का शोकगान हूँ
अपने मन से परेशान हूँ।

सब कुछ भरा भरा है लेकिन
सूखा खाली आसमान हूँ।

हवा बाँट जाती खामोशी
तनहाई का बियावान हूँ।

मौसम के आने जाने के
रस्ते की उजड़ी दुकान हूँ।

साथी संगी छोड़ गए सब
अभिशापित, ऐसा मकान हूँ।

कैसे-कैसे सजे तमाशे
लेकिन सबसे बदगुमान हूँ।

आखिर यह किसकी बेचैनी
किसका आखिर पशेमान हूँ।

इतना रंज कहाँ से आता
दर्द भरी वह दास्तान हूँ।

सूरत तुम्हारी

बाँसुरी फिर से सुनाओ ना।
आत्मा की धुन बजाओ ना।

झंझटों से थकी हारी जिंदगी
इसे कुछ आशा बँधाओ ना।

हाय सारे पुल बड़े कमजोर निकले
दूसरा तटबंध लाओ ना।

वही रिश्तों और नातों का जहर
दो बूंद अमृत की पिलाओ ना।

अँधेरे के द्वीप पर किश्ती लगी
दिया भीतर का जलाओ ना।

बड़ी आशा में इधर आए कदम
प्यास अब दिल की बुझाओ ना।

नफा या नुकसान देखेंगे कभी फिर
आज तो सरबस लुटाओ ना।

धड़कनों में बसी है सूरत तुम्हारी
झलक मीठी सी दिखाओ ना।

सुर तुम्हारे नया जीवन फूँक देते
तान मीठी छेड़ जाओ ना।

जोगन रातें

चल ना, करनी हैं कुछ बातें
थोड़ा छिपते और छिपाते।

सूना तट है नाव बँधी है
तनहाई की खुशबू पाते।

नदी नाव संजोग हुआ है
याद आईं वे जोगन रातें।

किस्से उड़कर फैल भी चुके
फिर काहे को अब शरमाते।

छोड़ा था इमली के नीचे
दोनों आज यहाँ बतियाते।

तब की बातें तौबा-तौबा
असली हैं ये अब के नाते।

बाहों में भरने का मौसम
बातों-बातों नहीं अघाते।

इधर तो करो अपना मुखड़ा
देखें कुदरत की सौगातें।

और कहीं

अब क्या होगा कुछ तो नहीं
चलते हैं अब और कहीं।

रोज-रोज वाले ये लोग
बातों की रंगीन बही।

खायेंगे गुर्रायेंगे भी
गलत कौन, है कौन सही।

वही मुरव्वत वाले नखरे
वही दास्तानें कुछ सतही।

बेकारी के दलदल में भी
बकवासों की कहाकही।

आलस वाले ऊँचे परवत
बिन पानी की नदी बही।

ऊँचाई की गफलत नीची
पोली सी दीवार ढही।

दर्द का दरिया

मन कहीं लगता नहीं।
भाव कुछ जगता नहीं।

दिन करें कैसे बसर
अँधेरा भगता नहीं।

अकेले कोने भले हैं
यहाँ वह ठगता नहीं।

आजमाया हर खुशी
नया कुछ मँगता नहीं।

धुंध-धुंध, धुआँ-धुआँ
कुछ तो सुलगता नहीं।

परचम सुकूनोचैन का
दरबार पे टँगता नहीं।

दिल दर्द का दरिया हुआ
थोड़ा सा उमँगता नहीं।

कोई आया है

गली में दिल की कोई आया है
तरसती नजर ने बताया है।

प्यारी-प्यारी उजास फैल गई
ऐसी मीठी ग़ज़ल सुनाया है।

रोंया-रोंया गुलो गुलजार हुआ
खिला-खिला हुआ सरमाया है।

उसके आने से दिल गुलाब हुए
रात का रूप जगमगाया है।

थमी-थमी है दिन की बेचैनी
बाँसुरी चैन की बजाया है।

उसकी बाँहों में नींद आती है
जो जमाने से सो न पाया है।

कितनी बारीक उसकी हस्ती है
बुलंद ऐसा, जहाँ पे छाया है।

उसके किस्सों से रास्ते कटते
जर्रे-जर्रे का वो हमसाया है।

अब चलना है

देर हुई अब चलना है
सब नकली है छलना है।

कहते कुछ करते हैं कुछ
बचते हुए निकलना है।

भाते नहीं सुनहरे बाग
कब तक और टहलना है।

शोहरत के ऊँचे झंडे
चढ़ना और फिसलना है।

दुनिया का दस्तूर यही
इसको कहाँ बदलना है।

दिल की जहरीली गाँठें
गलते-गलते गलना है।

मजहब की अंधी गलियाँ
मुश्किल यहाँ संभलना है।

कायनात के चलने तक
बेगुनाह को जलना है।

इंसानों की फितरत है
शैतानी में ढलना है।

दर्द

काँपता दिल है
समय कातिल है।

हर कदम पर्वत
दूर मंजिल है।

धुएँ से हैं सच
बड़ी मुश्किल है।

कैद में बुलबुल
तंग महफिल है।

है भँवर में जान
खूनी साहिल है।

सो रही किस्मत
सुख न हासिल है।

शिकारी हैं दिन
उमर गाफिल है।

हँस रहे हैं हम
दर्द शामिल है।

चलिए

बाग में अंगूर के चलिए
दम निगाहे नूर के चलिए।

मोहब्बत के जाम छलकाने
बाअदब दस्तूर के चलिए।

राज रखेंगे सितारे मिलन को
क्यों नजारे दूर के चलिए।

महफिलें इंसानियत की सजाने
रास्ते मजबूर के चलिए।

अपने साये साजिशें करने लगे
सरपरस्त हुजूर के चलिए।

बहारों के दौर-दौरा में
इशारे पर हूर के चलिए।

विरह के दिन

काटने होंगे विरह के दिन
गर्दिशों के, बुरे ग्रह के दिन।

आत्मा तक कैद है जैसे
नर्क वाली हर सुबह के दिन।

कदमबोशी करने वालों के
दुश्मनों से हैं सुलह के दिन।

जो महल हमने उठाए थे
उन्हीं में कत्लो जिबह के दिन।

नाउमींदी के अँधेरों से
दूर लगते हैं फतह के दिन।

राम जाने क्या बलाएँ हैं
कहाँ से उतरे कलह के दिन।

एक है अंदाज यह भी तो
कहाँ जाएँ इस तरह के दिन।

डूब कर गहरे समुन्दर में
ढूँढ़ती दुनिया सतह के दिन।

गुब्बारे

ये मन के अँधियारे हैं
जनमों के दुखियारे हैं।

लाशें प्यार मोहब्बत की
अपनों की तलवारें हैं।

गलियों गलियों भटक रहे
बचपन गम के मारे हैं।

बिना नीर की नदियों पर
दौलत के गुब्बारे हैं।

साँप सीढ़ियाँ जीवन की
स्वारथ की मीनारें हैं।

पंचसितारा जन्नत पर
नरक भरे गलियारे हैं।

खुले मदरसे लाखों हैं
इल्म लूट के सारे हैं।

दर्द भरी तनहाई में
टूटे हुए सितारे हैं।

काबिल रोटी को तरसे
नाकाबिल सरकारें हैं।

घर-घर दुखिया नारी है
जिस्म सजी बाजारें हैं।

आज

आज दिल उदास है
नर्क साँस-साँस है।

है खिला-खिला चमन
वह न आस-पास है।

नर्म प्यार की नजर
देखने की प्यास है।

याद आ गई वही
डगर मगर आस है।

घाट पर चहल-पहल
सूना सा रनिवास है।

सदियों के सरोकार
आज के लिबास हैं।

दर्द आजमाने के
बिखरे इतिहास हैं।

बार-बार के ठगे
जख्मी से अहसास हैं।

परछाई

मैं हूँ मेरी तनहाई है
याद किसी की क्यों आई है।

कुछ भी याद नहीं रखना है
सब धोखा है, परछाई है।

भूखे लोगों की दुनिया में
रोटी खुदा पेट खाई है।

यह दिमागदारों की दुनिया
दिलदारों की रुसवाई है।

इन बेदर्दों में क्या रहना
बिक जाते ये शैदाई हैं।

भीड़ जोड़ कर हल्ला करती
धोखेबाज रहनुमाई है।

कुछ पैसे कुछ नाम के लिए
नंगी नाच रही बाई है।

देखा-देखा, सबको देखा
सदी बेहया हरजाई है।

सलीब

जो होता है वो होता है
मन नाहक हँसता रोता है।

पकने वाले फल पकते हैं
दिन रात कुतरता तोता है।

आँखें देखा करती सपने
यादों का गहरा गोता है।

सोचा कुछ काम नहीं आता
सब मनचाहा समझौता है।

बेकार कहानी कहना है
क्यों अपना दीदा खोता है।

जीवन का चलता है पहिया
अंकुर भविष्य का बोता है।

जागे-जागे अँधियारे में
थक कर उजियारा सोता है।

अपने सलीब अपने कंधे
कमजोर आदमी ढोता है।

बीमारी

दुख के दिन पर्वत से भारी
हर पल दिल पर चलती आरी।

कालपुरुष से छिपकर बैठे
सिर पर चढ़ी अथाह उधारी।

कहने लायक नहीं किसी से
शर्मनाक ऐसी बीमारी।

हाथों से निकले मौके सी
भटक रही चाहत बेचारी।

अपनी इज्जत अपने हाथों
वर्ना फिर मरने की बारी।

बचपन के दिन कच्ची नजरें
पकी नजर की हो तैयारी।

मजहब खेल अमीरों का है
खुदा खुदी सब है मक्कारी।

बीती उमर इबादत करते
कठमुल्लों से उसकी यारी।

कहानी

कोपभवन में रानी है
कितनी विकट कहानी है।

सरहद पर सेनाएँ हैं
राजा पर निगरानी है।

चाँदी काट रहे सारे
बंदरबाँट पुरानी है।

बम पर सोई है दुनिया
शांतिवार्ता ठानी है।

विपणन के मंसूबे हैं
सौदागर लासानी है।

घास पात पर नजरें हैं
सब पर तानातानी है।

विश्व हुआ बाजारू है
सब कुछ महज दुकानी है।

शासक की सत्ताएँ हैं
शासित की कुरबानी है।

कुर्सी के हथकन्डे हैं
संसद की दरबानी है।

पद के सब गुलछर्रे हैं
मिलीभगत रजधानी है।

पैसे के सब धंधे हैं
लकदक क्या शाहानी है।

रोटी को भठियारन है
पंच सितारा पानी है।

आटा-भाटा महँगा है
याद सताती नानी है।

आम आदमी की प्यारे
चूती छप्पर-छानी है।

बीत गए

कितनी जल्दी बीत गए दिन भोले-भाले बचपन के
अब तो बाकी नकली नाटक क्रूर फितरती जीवन के।

कुछ तो अपनी भी मनमानी औरों की कुछ तंग नजर
खेल-खेल में हम खो आए मनभाये दिन यौवन के।

तब इतना कुछ ज्ञान नहीं था सब स्वारथ के किस्से हैं
साथी समझ रहे थे जिनको और इरादे थे उनके।

तूफानों में किश्ती जिसके हाथों हमने सौंपा था
वही किनारा आते-आते, सबब हमारी उलझन के।

भाईचारे की सब बातें अब बेमानी-सी लगती हैं
एक इसी तक खुलते थे तब हर दरवाजे तन मन के।

बहुत सयाने लोगों की है यह दुनियावी चमक दमक
सीधे सच्चे लोगों के सुख-दुख हैं अपने आँगन के।

अबकी बार

जीवन तेरी बात निराली
सूखा कहीं, कहीं हरियाली।

सुख के दुख के खेल खिलौने
दोनों हाथों बजती ताली।

कोई हँसता, कोई रोता
कहीं दिवाला कहीं दिवाली।

होंठ किसी के नहीं हँसें तो
कैसी जन्नत, क्या खुशहाली।

रोते हैं सब जीने वाले
हँसता है मौसम मव्वाली।

जी करता है करें उजाला
लेकिन दिया तेल से खाली।

रोज रोज के दर्द अनोखे
तकलीफें हैं अक्सर वाली।

नदी किनारे रुका काफिला
पुल पर ताला दिल में गाली।

खेतों में फसलों की रौनक
जंगल में कलियाँ मतवाली।

बच्चे बूढ़े मचल रहे हैं
अबकी बार गजब शेफाली।

चलती बार और क्या कहना
षटरस खाना सबरस थाली।

कूच

सब कुछ बदलता जा रहा है।
कि वजूद गलता जा रहा है।

उम्र की रसभरी थैली
सब रस निकलता जा रहा है।

खिलीं कलियाँ झड़े भी गुल
दिल क्यों मचलता जा रहा है।

थकी हारी ख्वाहिशों का
दिया जलता जा रहा है।

सुर्खियाँ नाजुक बदन की
ठग वक्त छलता जा रहा है।

वक्त पर जो कर न पाया
अब हाँथ मलता जा रहा है।

जश्न थे तब वक्त कम था
अब वक्त खलता जा रहा है।

चमक कर है गिरी बिजली
लावा पिघलता जा रहा है।

कूच का डंका बजा दो
तयवक्त टलता जा रहा है।

उम्र की बैसाखियों पर
वह तो टहलता जा रहा है।

आइए

आइए बैठें, खुली बातें करें।
घाव कुछ इंसानियत वाले भरें।

भूख से रोटी का रिश्ता उजागर
सियासत फिर रोटियों पर ना करें।

मोल करतीं फितरतें बाजार की
तयशुदा हैं रहनुमाई की दरें।

चमचमाते दौर वाले आदमी
अँधेरी तनहाइयों से भी डरें।

उलट हैं सच्चाइयाँ फिलवक्त की
आजकल खोटे हुए खालिस खरे।

भीड़ जो कह दे वही सच हो गया
असलियत में क्या कहें कितने मरे।

अपनी बातें भी नहीं मालूम हैं
सच बताएँगे हमें अब दूसरे।

खजाने लूटेंगे मिलकर हम सभी
दूसरे का खेत जो चाहे चरे।

माया

सब मिथ्या है सब माया है।
सपने का हाट सजाया है।

वह आसमान की सब्जपरी
माटी का माधो लाया है।

इच्छाओं के भारी दलदल
हाथी ने पाँव फँसाया है।

आने जाने वाला संभले
कोई ठग जाल बिछाया है।

मेल मोहब्बत की धुन पर
जालिम ने बीन बजाया है।

सच समझ झूठ को भागा जो
वह अंतकाल पछताया है।

दो मौसम में रंगत बदली
यह हाँड माँस की काया है।

जो इश्क के दरिया में डूबा
दोजख तक वह हो आया है।

जंगल के खुले उजालों में
रातों का खौफ समाया है।

गाता जाऊँ

जी करता है गाता जाऊँ।
लिखता और सुनाता जाऊँ।

कह दूँ कुछ कड़वी सच बातें
कुछ-कुछ मधु टपकाता जाऊँ।

तेरे मेरे में सब उलझा
कुछ उलझी सुलझाता जाऊँ।

अपनी सूरत सबको प्यारी
शीशा तुम्हें दिखाता जाऊँ।

अपने मन की करती दुनिया
मैं तेरी दोहराता जाऊँ।

राजपाट की ऊँची दौलत
पैरों से ठुकराता जाऊँ।

सबके भीतर छुपी हुई जो
वह सूरत झलकाता जाऊँ।

हवा और पानी सा सबको
राहतरूह पिलाता जाऊँ।

भूखी नंगी मासूमी को
सुख की सेज सजाता जाऊँ।

नई-नई खुशियों की खातिर
मन्नत रोज मनाता जाऊँ।

बादल बरसें खुशहाली के
कदमों दरी बिछाता जाऊँ।

अपना-अपना जहर उगल दो
ऐसी बीन बजाता जाऊँ।

फटा दामन

वह दर्द पीता है।
इस तरह जीता है।

दिल का फटा दामन
हर रात सीता है।

कहते हैं सब उसको
क्या गया बीता है।

बरबादियाँ उसकी
उनका सुभीता है।

खतरनाक कई तो
वह जंग जीता है।

ले ठान तो उनको
जलता पलीता है।

उसकी मधुर बोली
कुरआन गीता हैं।

रोटी के चक्कर में
भारी फजीता है।

उड़ते-उड़ते

आदमी होगा, जरूर रोएगा।
आँख पत्थर नहीं भिगोएगा।

पार हो जाएँगे तिनके-तिनके
वजनी डूबेगा और डुबोएगा।

दर्द मिलना है हर तरीके से
अपना नश्तर कोई चुभोएगा।

रोज तूफान झेलने वाला
कहाँ तक अपना आपा खोएगा।

जागते सोते वही खुदगर्जी
बच्चे-बच्चे में जहर बोएगा।

दर्द औरों का नहीं जाने जो
चैन से ऐसे कैसे सोएगा।

किसी के काम आने की फितरत
जख्म अपना ही पाप धोएगा।

उड़ते-उड़ते उसे गिरना होगा
जाल कब तक परिंदा ढोएगा।

सोलवाँ साल

हवा की चाल तो देखो।
सुनहरे बाल तो देखो।

बुढ़ापे की दलीलें हैं
नई ससुराल तो देखो।

हवा से फूले गुब्बारे
रात के गाल तो देखो।

चमचमाते सितारों पर
धुँधलका काल तो देखो।

रंग खुशबू के चटखारे
उसकी रुमाल तो देखो।

आसमानी उड़ानों पर
थिरकता ख्याल तो देखो।

हिल के टहनी पड़ी बेसुध
कली का हाल तो देखो।

नदी में देखती मुखड़ा
सोलवाँ साल तो देखो।

बदन से रस टपकता है
कि वाह! कमाल तो देखो।

वर्ना

मोड़ पर थम जाइएगा।
वर्ना फिर पछताइएगा।

बड़ा शातिर शहर है यह
कहीं न कहीं ठगाइएगा।

असलियत वाली कहानी
किसी को न सुनाइएगा।

कबूतर सा घरौंदों में
घुसों को न उड़ाइएगा।

भागतीं सड़कों पे रातें
दिनों को सुस्ताइएगा।

रातदिन माया बरसती
नहीं धोखा खाइएगा।

खनकती दौलत का टापू
कैद में ना आइएगा।

जिंदगी तो जिंदगी है
क्या नया बतलाइएगा।

और जो करिए सो करिए
खुशबुएँ फैलाइएगा।

फन

ओ मस्त मगन बाबूजी।
कुछ करो जतन बाबूजी।

पढ़ने लिखने वाला है
मत मूरख बन बाबजी।

खतरे में आदमजात पड़ी
मायूस वतन बाबूजी।

पहले के सब दकियानूसी
हो नया चलन बाबूजी।

आए भी गए भी कलावंत
तुम नंबर वन बाबूजी।

फलसफे तुम्हारे क्या कहने
दो सजा चमन बाबूजी।

भूख गरीबी रोटी पर
कुछ दो प्रवचन बाबूजी।

धर्म सियासत और अदब
सब तेरा फन बाबूजी।

भर जेब और भाषण देकर
मसीहा बन बाबूजी।

ऋषिवंश की ग़ज़लों में, फिराक गोरखपुरी के पश्चात् शायद पहली बार, भारतीय जीवन दृष्टि, बिम्ब और कथ्य इतने प्रभावी और सरल सहज ढंग से आ पाए हैं। सारी ग़ज़लें जैसे स्वत: भीतर कहीं से निकली आ रही हैं, बिना किसी प्रयास या सोच के। जैसे कोई अबोध देहाती बच्चा भारी मेले में खो गया हो और सहज मुग्ध भाव से सब कुछ देखे, समझे और कहे जा रहा हो। प्रकृति या कायनात का इतना यथार्थ, मार्मिक व जीवन से पूर्णत: जुड़ा हुआ वर्णन अन्यत्र दुर्लभ है। ग़ज़लें भीतर के किसी मासूम और पवित्र स्रोत से सारी संवेदनाओं के साथ प्रकट होती हैं। प्राय: हर ग़ज़ल में सीधे, सरल, सपाट, आम जनजीवन के सामान्य शब्दों में भारी अर्थवत्ता समाई हुई है, जो कि ग़ज़लों में प्राय: मुश्किल से ही देखने को मिलती है।

ऋषिवंश की ग़ज़लें हिंदी ग़ज़लों को नि:संदेह एक नया रास्ता और आयाम देंगी। दुखियों के दिलों को सुकून देने वाली ये ग़ज़लें पाठक को कल्पना के अनोखे लोक में ले जाती हैं और सबसे अच्छी बात यह है कि वे इंसान को एक मजबूत जीवन संबल देती हैं।

ये ग़ज़लें हिंदी और उर्दू दोनों भाषाओं को और नजदीक लाती हैं तथा विशेषकर आम भारतीयों के दिलों दिमाग पर आसानी से छा जाती हैं, और बार-बार पढ़ने को मजबूर करती हैं।

अजातशत्रु

मुम्बई

फ्लैप सामग्री

श्री ऋषिवंश मेरे मित्र व प्रिय कवि हैं। उन्होंने गीत-ग़ज़ल को नये बिम्ब और प्रतीक देकर सर्वथा अनूठे और मौलिक प्रयोग किये हैं जो दुर्लभ हैं। उनकी रचनाधर्मिता नितांत अपनी व मनहरण है। उन्होंने कुछ कालजयी रचनाएँ भी सृजित की हैं। लेखन शैली के साथ साथ इनकी वाचन यौली भी नितांत अनूठी और मार्मिक है।

ऋषिवंश के काव्य में इनकी समस्त रचनाएं परंपरा से हटकर नितान्त मौलिक शैली में रचित अद्‌भुत कृतियां हैं। नवीन बिम्बों और कथ्यों से गुम्फित रचनाएं बहुत गहराई तक हृदय में प्रवेश करती हैं और वहाँ धड़कनों में घुल मिल जाती हैं। गद्य-पद्य सभी में ऋषिवंश को महारत हासिल है लेकिन काव्यसृष्टि में उनकी रचनाधर्मिता वर्तमान के समस्त रचनाकारों से भिन्न है और इस विधा के अनेक नए दरवाजे खोलती है।

गोपालदास 'नीरज'
अलीगढ़ (उ.प्र.)

www.ingramcontent.com/pod-product-compliance
Lightning Source LLC
LaVergne TN
LVHW062033051026
849518LV00013B/974
* 9 7 8 8 1 2 8 8 1 5 5 4 6 *